# ARLEQUIN
## TYRAN
## DOMESTIQUE.

### ENFANTILLAGE,

EN UN ACTE, MÊLÉ DE VAUDEVILLES,

PAR MM. TOURNAY, DÉSAUGIERS ET FRANCIS.

*Représenté pour la première fois, sur le théâtre du Vaudeville, le 19 germinal an 13 ( 9 avril 1805 ).*

Prix 24 sous.

*A PARIS.*

Chez Mme. MASSON, Libraire, Éditeur de pièces de théâtre, rue de l'Échelle, N°. 558, au coin de celle Saint-Honoré.

AN XIII. --- 1805.

| PERSONNAGES. | ACTEURS. |
|---|---|
| ARLEQUIN, | M. LAPORTE. |
| CASSANDRE, | M. CHAPELLE. |
| GILLES, | M. CARPENTIER. |
| COLOMBINE, femme d'Arlequin. | Mlle. DELISLE. |
| Mme. GILLES, | Mme. THÉSIGNY. |
| FANFAN, fils d'Arlequin. | Mlle. MINETTE. |
| VIOLETTE, fille d'Arlequin. | Mlle. AUGUSTA. |

*La scène se passe dans la maison d'Arlequin,*

A PARIS.

# ARLEQUIN
## TYRAN
# DOMESTIQUE.

## SCENE PREMIÈRE.
### CASSANDRE, COLOMBINE.

COLOMBINE.

Eh! bien, monsieur, la nuit vous a-t-elle un peu délassé
de votre voyage?

CASSANDRE.

Je n'ai rêvé qu'à la petite scène que votre mari vous a
faite hier au soir.

COLOMBINE.

Je suis fâchée que cette bagatelle ait troublé votre
repos.

CASSANDRE.

A cela près, je n'ai fait qu'un somme.

COLOMBINE.

Vous ne sauriez croire avec quel plaisir Arlequin a of-
fert un logement à l'ami de mon père. Il doit être bien
changé mon père ... Je ne l'ai pas vu depuis mon en-
fance.

CASSANDRE.

Vous ne le reconnaîtriez pas. Mais dites-moi?

### DUO.

AIR: *du rémouleur et la meûnière.*

Aimez-vous bien votre époux?

COLOMBINE.

Oh! oui, d'amour extrême.

CASSANDRE.

Mais lui, soit dit entre-nous,
Vous aime-t-il de même.?

COLOMBINE.

Soumis à ma loi,
Prévenant et sensible,
Arlequin pour moi
Fait l'impossible.

CASSANDRE *à part.*

ENSEMBLE.
Sur le mal qu'en secret
On lui fait ,
Ma fille se tait.
Quel trait
Sublime.
Ah ! dans mon transport
Faut-il encor.
Que je garde l'anonyme.
COLOMBINE.
La femme ne doit jamais
Faire part à personne.
des leçons et des soufflets
Que son mari lui donne.

CASSANDRE.
Mais enfin
Arlequin
Cherche-t-il à vous plaire ;
Avec vous
Est-il doux ?
COLOMBINE.
Doux comme comme on ne l'est guère.
ENSEMBLE.

| CASSANDRE. | COLOMBINE. |
|---|---|
| Sur le mal qu'en secret | La femme ne doit jamais |
| etc. | etc. |

CASSANDRE
Comme elle défend son mari. O vertu ! voilà bien ma fille.
COLOMBINE.
Ma fille !
CASSANDRE.
Oui : un enfant que j'idolâtre , et qui a des rapports avec vous.
COLOMBINE.
Comment donc cela ?
CASSANDRE.
AIR : *Je suis furieux.*
Elle a ving-cinq ans ;
COLOMBINE.
Moi d'même. ( *ter.* )
CASSANDRE.
Et sa douceur est extrème.
COLOMBINE.
Moi d'même. ( *bis* )

CASSANDRE.
Elle a deux enfans :
COLOMBINE
Vraiment moi d'même.
CASSANDRE.
Fort intéressans ,
COLOMBINE.
Moi d'même.
CASSANDRE.
A treize ans un homme l'aima ,
COLOMBINE.
Moi d'même.
CASSANDRE,
A quatorze ans il la courtisa ;
COLOMBINE.
Moi d'même.
CASSANDRE.
A quinze il lui plut ,
COLOMBINE.
Vraiment moi d'même.
CASSANDRE.
L'hymen se conclut ,
COLOMBINE,
Vraiment moi d'même.
CASSANDRE·
A seize ans complets ,
COLOMBINE.
Moi d'même.
CASSANDRE.
Et six mois après ,
COLOMBINE.
Moi d'même.
CASSANDRE.
La nature l'emporte : embrasse ton père.
COLOMBINE.
Mon père ! Quel bonheur ! quel plaisir ?
CASSANDRE
Quelle joie !
COLOMBINE.
AIR : *Je suis encor dans mon printems.*
Je suis au comble de l'ivresse.
CASSANDRE.
Mes pleurs vous prouvent ma douleur.
COLOMBINE.
Mes pleurs vous prouvent ma tendresse.

COLOMBINE.

Pour nous soulager tous les deux ,
pleurons.

CASSANDRE.

Pleurons.

ENSEMBLE.

A qui mieux mieux
Pleurons, pleurons à qui mieux mieux.

CASSANDRE.

Tu es donc bien malheureuse ?

COLOMBINE.

Eh bien , mon pere, je vais tout vous avouer.

AIR : *Lubin a la préference.*

Arlequin gronde, menace ;
C'est un diable, un lutin ,
Toujours la batte en main.
Quelque chose que l'on fasse ,
On ne fait jamais rien
De bien,
Sur tout il trouve à redire.
Je n'ose pleurer, ni rire ;
Dis-je un mot,
C'est sot.
Vais-je au bal ;
C'est mal.
Restai-je au logis ,
C'est bien pis.
Mon chat
Que souvent il bat
Dès qu'il le voit,
Gagne le toit.
Mon caniche
Court à sa niche.
Je le fuis comme eux ,
Et J'aimerais mieux
Tenir tête ici
A Vingt femmes qu'à lui.

CASSANDRE.

Nous le corrigerons.

COLOMBINE.

J'en doute , mon père. J'ai tout employé caresses ,
prières , larmes.

CASSANRE.

Ce ne sont point des larmes qu'il faut, c'est du caractère , de l'énergie. Tiens , crois-moi plante-là ton mari.

**COLOMBINE.**

J'y avais pensé… Mais…..

**CASSANDRE.**

Bah! bah! bah!

AIR: *Une fille est un oiseau.*

Pour une heure à ses remords
Livre un drôle qui t'outrage.

**COLOMBINE.**

Après un si court veuvage
Reviendroit-il de ses torts.

**CASSANDRE.**

Un mari peut de sa femme
Par fois mériter le blâme.
Un rien de sa vive flamme
Peut arrêter les progrès,
Mais au bout d'une heure entière
S'il ne revient pas, ma chère,
Il ne reviendra jamais.　　　　( *ter* )

**COLOMBINE.**

Eh! qui vous fait espérer le succès.

**CASSANDRE.**

( *Indiquant le Théâtre Français* ).

L'exemple du voisin.

**COLOMBINE.**

Ah! Quelle est votre erreur?

AIR: *La fuite en Égypte, jadis.*

Dans le chagrin s'il a plongé
Son épouse et son Eugénie,
On voudroit le voir corrigé,
Mais on aime sa tyrannie.
Quand de sa bouche chaque mot
Répand une terreur profonde,
Il fait si bien que son défaut
Est applaudi de tout le monde.

( *On entend un roulement de tambour* ).

ARLEQUIN *derrière le théâtre.*

Encore du tapage! Attends, attends.

( *On entend frapper un coup* ).

**CASSANDRE.**

D'où vient ce bruit?

**COLOMBINE.**

Monsieur Arlequin qui fait encore des siennes.

**CASSANDRE** *avec force.*

Il faut lui tenir tête.

Je crois qu'il vient.

CASSANDRE *éfrayé.*

Sauvons-nous. ( *Ils sortent* )

---

# SCENE II

## ANFAN, VIOLETTE.

FANFAN *en colère.*

Il est tems que cela finisse.

VIOLETTE.

Qu'a-tu donc mon frère?

FANFAN.

Encore mon papa qui gronde, qui brise. Vois donc
Ie beau tambour à présent. ( *Il montre son tambour*
*crevé* ).

VIOLETTE.

Que ne joue-tu comme moi.

FANFAN.

Avec des poupées . . . Fi donc! Je suis un homme
moi !

VIOLETTE.

Voilà pourtant l'heure de la récréation.

FANFAN.

Et j'ai bien envie de m'amuser.

AIR: *de l'Enfantine.*

Voyons, à quoi jouerons-nous
Pour ne pas déplaire
A mon père,
Car il se met en colère
Aussitôt qu'il voit nos joujoux.
Un bilboquet parait-il
Crac, il en coupe le fil.

VIOLETTE.

Si je regarde une image
Zeste, il déchire la page.

FANFAN.

Il crève mes cerfvolans.

VIOLETTE.

Il déplume tous mes volans.

FANFAN.

Tous mes soldats
N'ont plus qu'un bras.

VIOLETTE

Mon beau château

Nage

Nage dans l'eau,
Mon char est brisé
F A N F A N.
Mon ballon percé.
V I O L E T T E.
Mon serin perdu
F A N F A N.
Tout mon ménage fondu,
E N S E M B L E.
Mais à quoi donc jouerons-nous,
Pour ne pas déplaire
à mon père,
Car il a dans sa colère
Fracassé tous nos joujoux.

F A N F A N *relevant son chapeau.*

Sangodemi, c'est ennuyeux de ne pas s'amuser.

V I O L E T T E.

Oh! que tu es drôle comme ça! tu ressembles à papa.

F A N F A N.

Oui. Ris, ris... Moi, je me lasse d'être mené,
c'est tous les jours la même chose, hier encore...

V I O L E T T E.

Oh! hier il n'a grondé que maman.

F A N F A N.

Oui. Mais, moi! je l'ai échappé belle.

V I O L E T T E.

Conte moi donc ça.

F A N F A N.

A I R : *du Mameluck.*

Hier le voyant dans la rue,
J'allais comme un général,
Passer ma troupe en revue,
Monté sur mon grand cheval.
Il rentre, il gronde, il approche;
Mais je m'enfuis à grands pas,
Mon régiment dans ma poche,
Et mon cheval sous le bras.    ( *bis* )

V I O L E T T E.

Belle retraite!

F A N F A N.

Sans cela, il mettait l'armée en déroute. Mais cela
ne durera pas, j'ai pris mon parti.

V I O L E T T E.

Comment! que compte-tu faire?

2

**FANFAN.**

Oh c'est fait ; et depuis quinze jours je suis engagé.

**VIOLETTE.**

Engagé ! ah ! mon dieu ! et où donc ?

**FANFAN.**

Devine.

**VIOLETTE.**

Dans les grenadiers ?

**FANFAN.**

Bah !

**VIOLETTE.**

Dans les sapeurs ?

**FANFAN.**

Laisse donc.

**VIOLETTE.**

Dans les cuirassiers ?

**FANFAN.**

Dans les pères nobles.

**VIOLETTE.**

Que veux-tu dire ?

**FANFAN.**

C'est un emploi. Je débute ce soir, au théâtre des jeunes élèves.

**VIOLETTE**

Toi ! jouer la comédie quand tu ne peux pas même apprendre ta leçon.

**FANFAN.**

Parceque ça m'ennuye, mais si je voulais.

AIR : *Vaudeville d'Arlequin musard.*

J'ai la mémoire si fidèle,
Que depuis ces quinze jours-là
J'ai déjà mis dans ma cervelle,
Les quatre rôles que voilà.
Mais si, ce que je n'ose croire,
Le public soutient mes essais,
J'aurai surtout de la mémoire,
Pour me rappeller ses bienfaits.

**VIOLETTE.**

Et dans quelle pièce dois-tu débuter?

**FANFAN.**

Dans un Drame.

**VIOLETTE.**

Oh! ce n'est pas pour rire ?

**FANFAN** *d'un ton grave.*

» Par pitié pour mon âge et pour mes cheveux blancs
» Restez auprès de moi, tenez-moi lieu d'enfans.

» Je les ai tous perdus. O douleur trop amère,
» Je ne me souviens pas d'avoir même été père ».

VIOLETTE

Quel jeu de phisionomie !

FANFAN.

N'est-ce pas ! ah ! ça, ne vas pas jaser.

VIOLETTE.

Jaser ! moi, jamais.

FANFAN *sort en gambadant.*

Je vais vite étudier mes rôles.

---

# SCÈNE III.

### VIOLETTE *seule.*

Que les garçons sont heureux pourtant ! ils font ce
qu'ils veulent. Ils sortent, vont viennent ; mais une
demoiselle . . . Voyons que ferai-je maintenant, me
voilà seule, eh ! non vraiment, et mon petit Gilles que
j'ai mis hier en pénitence. Il doit avoir besoin de prendre
l'air. ( *Elle ouvre l'Armoire, et en sort un petit Gilles* ).
Venez mon petit prisonnier. comme il est gentil ! Vous
vous êtes bien ennuyé n'est-ce pas ! c'est votre faute aussi,
pourquoi m'avez-vous fait du chagrin ? Mais vous me
promettez d'être bien sage, de ne pas mentir, de bien
aimer votre petite maman. C'est bien, il me le promet.
Allons, je vous pardonne ; vous allez dire votre leçon.
Voyons dites avec moi a, e, i, o, u. C'est bien.
b, a, ba Bah ! ça m'ennuye, c'est assez, embrassez-
moi, et dansons maintenant la gavotte, pour vous
divertir . ( *Elle danse la gavotte, tenant son Gilles d'une
main et elle chante. La, la, la la. Air de la Gavotte* ).

---

# SCÈNE IV.

### ARLEQUIN *au fond de la scène,* VIOLETTE.

VIOLETTE *voyant Arlequin,
cache son Gilles et reste les yeux fixés sur son alphabet.*

Papa !

ARLEQUIN.

Ah ! ah ! Je vous y prendrai donc toujours Mademoiselle, que tenez-vous là ?

VIOLETTE.

Mon livre.

ARLEQUIN.

De l'autre main ? un Gilles.

**VIOLETTE** *voulant se sauver.*

Ah ! mon dieu !

**ARLEQUIN.**

Restez mademoiselle. Vous osez jouer avec un Gilles.

**VIOLETTE.**

Non mon père.

**ARLEQUIN.**

Avec l'ennemi juré de tous les Arlequins.

**VIOLETTE.**

Mais ce n'est qu'un joujou.

**ARLEQUIN.**

Un joujou.

AIR : *L'amour est enfant trompeur.*

Un G es est un joujou trompeur
Croyez-en votre père.
Sa blancheur cache une noirceur,
C'est pis qu'une vipère.

**VIOLETTE.**

Vous me le dites, je le crois,
Cependant un Gilles de bois,
Quel mal peut-il me faire ? ( *bis* )

**ARLEQUIN.**

Quel mal ! C'est bien assez d'en avoir un dans ma famille.

AIR : *Mon cousin l'allure.*

D'ou vous vient ce pantin
Si vilain.

**VIOLETTE.**

C'est de notre ami Gilles.

**ARLEQUIN**

Quoi ! Gilles mon voisin
Mon cousin
La fleur des imbécilles.
Le faquin !
Ah ! sans ce cousin
Et sans son mannequin,
Je vois déjà trop de Gilles.

( *Il jette le Gilles par la fenêtre* ).

**VIOLETTE.** ( *baissant les yeux* )

Ah !

**ARLEQUIN.**

Paix mademoiselle. ( *Violette reste immobile les yeux en l'air.* ) Eh ! bien que regardez-vous là ! voler les mouches. Baissez les yeux.

### VIOLETTE

Oui papa.

### ARLEQUIN *la contrefaisant.*

Oui papa . . . Quel air boudeur . . . regardez - moi en face.

### VIOLETTE *le regarde.*

Oui papa.

### ARLEQUIN.

Quel air éffronté ! . . Approchez.

### VIOLETTE. *reculant.*

Me voilà.

### ARLEQUIN.

Approchez - donc. est - ce que je vous fais peur ?

### VIOLETTE *reculant encore.*

Oh ! non papa.

### ARLEQUIN.

Eh ! bien , que faites-vous là les bras pendans ?

### VIOLETTE.

Mais rien . . .

### ARLEQUIN.

Faites quelque chose.

( *Violette prend son livre* ).

### ARLEQUIN.

Que prenez-vous là ?

### VIOLETTE ( *lui donnant son livre* ).

Mon livre ! ( *à part* ) s'il pouvait aussi le jetter par la fenêtre.

### ARLEQUIN.

L'alphabet ! apprendre à lire aux filles ! encore une idée de ma femme. A quoi cela les mène t-il ? lisent-elles des contes de Fées ! elles ne voyent que revenans. Des comédies ! elles ne rêvent qu'intrigues. Des romans ! leur tête se monte. Des billets doux ! elles y répondent. Le tems se passe. Quinze ans arrivent, et nos filles nous restent sur les bras . . . Au diable tous les livres.

( *il jette le livre* ).

### VIOLETTE *à part.*

Il y a de bons momens, papa. ( *Elle déchire le livre* )

### ARLEQUIN.

AIR : *n'en demandez pas davantage.*

Ai-je si grand tort de gronder,
Fille trop savante est peu sage.
Savoir coudre, filer, broder,
Suffit pour se mettre en ménage.
Combien à Paris,

Restent sans maris,
Pour en avoir su davantage.

VIOLETTE *jettant les morceaux*
*du livre.*

Voilà ce que c'est.

ARLEQUIN.

Voyez la paresse . . . . . Allons sortez et dites
qu'on m'apporte mon déjeûné.

VIOLETTE *s'approchant doucement*
*d'Arlequin.*

Tu ne m'en veux plus.

ARLEQUIN.

Vous êtes encore ici? eh! bien m'obéirez-vous.

VIOLETTE.

AIR : *Pauvre petit, qu'il est genil.*

Papa ne sois pas si méchant,
Ne repouse pas ton enfant.
Laisse, laisse-moi prendre
Petit baiser bien tendre.

( *Elle le baise* ).

Je garde pour moi celui-ci,
Mon frère
En demande un aussi.

( *Autre baiser* ).

Le plus joli, le plus joli,
Doit être pour ma mère.

( *Autre baiser. Elle sort.* ).

## SCENE V.

ARLEQUIN *seul. Essuyant ses larmes et imitant*
*Violette.*

Le plus joli, le plus joli,
Doit être pour ma mère.

Voilà comme on nous enjole, nous autres bons papas.
Une petite fille de huit ans : pas plus haute que cela :
avoir déjà tant d'empire... Que sera-ce donc à 15 ans,
quand elle aura toutes les grâces de cet âge, habituée
comme elle l'est, à faire ses volontés. Elle me fera
donner au diable cent fois par jour... que mon voisin
est heureux ! on le traite de tyran domestique par ce
qu'il n'a pas gâté ses enfans... Mais a t-il eu tort? et
son Eugénie n'est-elle pas charmante,

AIR : *jeunes filles jeunes garçons.*

Voir de sa naïve gaité
Et l'abandon et la décence,

C'est au soufle de l'innocence
Voir éclore la volupté.
Par une route sûre
Elle parvient au cœur,
Dans cet art enchanteur
Quel est son précepteur,
La nature.
( *Il sonne* ) Voyez si on m'apportera mon chocolat.
Ils se sont tous donné le mot pour me faire enrager.
( *Il sonne encore plus fort* ).

---

## SCÈNE VI.

### ARLEQUIN Mr. et Mme. GILLES

( *Pendant cette scène, Arlequin fait des lazzis* ).

**Mme. GILLES.**

AIR : *Étourdi, volontaire.* ( *du mur mitoyen* ).

Pour bannir de la vie
Toute mélancolie,
Sachons à la folie
Consacrer nos loisirs.
Épouse tendre et belle
Prenez-moi pour modèle,
Si vous êtes fidèle
Que ce soit aux plaisirs.
C'est à nous
Dans le siècle où nous sommes,
C'est à nous
De voir à nos genoux
Soupirer tous les hommes.
Mais
Pour ces mauvais sujets
Ne soupirons jamais.

**ARLEQUIN.**

Quelle gaité ! Voilà une femme aimable !

**Mme. GILLES,**

Eh ! bien consin. Tout seul. Où sont donc nos jolis marmots ? Notre chère colombine ? Je viens de faire quelques emplètes. Eh ! bien arriverez-vous Mr. Gilles, vous êtes d'une lenteur . . . . .

**GILLES** ( *chargé de cartons ; de ridicules pendus à ses boutons etc.* )

Me voilà, me voilà ma petite amie.

**Mme. GILLES.**

Posez tous ces paquets là-dessus.

GILLES *à sa femme.*
Songez que notre fiacre attend.

Mme. GILLES.
Il est fait pour attendre.

GILLES.
Et moi pour payer.

Mme. GILLES.
Petit ingrat! plaignez-vous donc de ma dépense. Si je cours les bals, les spectacles, c'est pour vous distraire, si je me pare, c'est pour vous faire honneur, si je perds votre argent, c'est pour vous donner du crédit.

ARLEQUIN.
En effet, cousin, voyez votre femme, peut-on trop faire pour elle ?

GILLES *montrant sa bourse vide.*
Voyez ma bourse, peut-on faire davantage ?

Mme. GILLES.
Vous l'entendez.

AIR : *Hélas, ici bas tout voyage.* ( *De Doche* ).
Monsieur se plaint de mes caprices,
Il me reproche mes plaisirs.
Il traite mes lois d'injustices,
Et de faiblesses mes desirs.
Mais aux soins qu'un ménage entraîne
Un bon mari doit se prêter,
Puisque l'hymen est une chaîne,
C'est au plus fort à la porter.

GILLES.
D'accord ma petite, mais ( *lui montrant sa montre* ). notre cocher est à l'heure.

Mme. GILLES.
Voila de vos économies! Il fallait le prendre à l'année... C'est comme notre dispute de ce matin. Tenez mon cher Arlequin, croiriez-vous qu'il me refuse un Bockey pour *Long-Champ.*

ARLEQUIN.
Ah! Gilles! j'en rougis pour vous.

GILLES.
Je ne sais pas conduire.

ARLEQUIN.
Mauvaise raison... Laissez-en le soin à madame.

AIR : *Vaudeville de Mr. Guillaume*
L'heureux coursier que dirige une grâce,
De son bonheur en secret semble instruit.
Il bondit, il franchit l'espace,

Fier

Fier de la main qui le conduit.
Aussi sur l'adresse des Dames
Chacun s'endormant à Paris.
On ne voit partout que des femmes
Qui mènent leurs maris. ( *bis* )

Mme. G I L L E S.

Vous voyez-donc bien que le Bockey est indispen-
sable.

A R L Q U I N

Vous l'aurez, vous l'aurez,

G I L L E S *montrant sa montre.*

La seconde heure commence...

A R L E Q U I N.

Ah! que ma femme n'a-t-elle comme vous le goût des
plaisirs, de la parure. On dirait en la voyant: quelle
est cette belle dame? c'est Madame Arlequin, à qui
appartient ce beau carosse? à Madame Arlequin. Et ce
grand coquin de laquais? c'est le petit jockey de Madame
Arlequin. Là dessus, des complimens des félicitations...
Tout cela flatte... Mais pas du tout... Ce matin je
lui ai encore fait des reproches à ce sujet.

A I R : *Vaudeville de l'Abbé Pellegrin*,

Elle ne sort jamais qu'à pié,
S'il pleut elle a son parapluie.
Les bals masqués lui font pitié,
Fêtes et concerts tout l'ennuie.
Au spectacle, le plus bas prix
Est toujours celui qui l'arrange,
Elle ne va qu'au paradis.

G I L L E S.

Cousin, votre femme est un ange.

Ah! çà, il fait un beau soleil, profitons-en pour aller
voir la nouvelle ville qui vient d'arriver à Paris.

A R L E Q U I N.

Comment donc?

Mme. G I L L E S.

Oui! Le Panorama de Constantinople.

G I L L E S.

Je n'en manque pas un, depuis que j'ai vu celui de
Paris, imaginez-vous que l'illusion est si complette que
j'ai distingué ma maison comme si j'y entrais.

A R L E Q U I N.

On voit jusqu'à montmartre?

G I L L E S.

Oui vraiment... J'ai reconnu ma porte, ma fenêtre;
j'ai même cru voir ce qui se passait chez moi.

5

Mme. G I L L E S.

Bah! vous n'avez rien vu?

G I L L E S.

Ce qu'il y a de plus agréable, c'est que toutes les villes se touchent.

A I R : *Mon père était pôt.*

Ces Panoramas réunis
Offrent mainte merveille,
A peine sorti de Paris,
Vous entrez dans Marseille.
Rome est à côté
Moskou cet été
A son tour doit s'y rendre,
Naple est en chemin.
Et Madrid demain
Nous arrive de Flandre.

Mme. G I L L E S.

Allons, aulieu de faire le beau parleur, songez que le fiacre nous attend.

G I L L E S.

Parbleu je ne l'oublie pas.

A R L E Q U I N.

Ah! ça nous dinons ensemble.

G I L L E S.

Impossible.. . . Je suis engagé.

Mme. G I L L E S.

Dégagez-vous, et prenez ces paquets. ( *Gilles éssuye différentes manières de charger ses paquets* ).

Mme. G I L L E S.

A I R : *Ma marmotte a mal au pied.*

Allons, vous n'en finirez pas
Que vous avez l'air bête!
Mettez ses paquets sous les bras,
Ce carton sur la tête,
Puis celui-ci . . .

G I L L E S.

Pourai-je ainsi
Passer sous cette porte?

Mme. G I L L E S,

Ne craignez rien,
Tout ira bien.

A R L E Q U I N.

Mon dieu comme il en porte !

( *Ils sortent* ).

## SCENE VII.

### ARLEQUIN seul

Quelle dépense en chiffons, en bijoux ! Mais c'est de l'argent bien placé ... Il est si doux de parer ce qu'on aime !

AIR : *Que ta porte ô ma tendre amie.*
A nos yeux la flèche retrace
Le trait dont on se vit blesser,
Le collier semble par sa place,
Consacrer le premier baiser.
Le tissu dont le bras se pare
Nous rappelle un lien plus doux,
Et le voile gardien avare
Défend les trésors de l'époux.

## SCENE VIII.

### ARLEQUIN, COLOMBINE parée.

COLOMBINE.

Eh ! bien, mon ami, tu nous a donc laissé déjeûner seuls.

ARLEQUIN *se frottant les yeux et faisant des lazis autour de Colombine.*

Ah ! Mon dieu !
" Que d'attraits ! que de majesté !
" Que de grâces ! que de beauté !

COLOMBINE.

Tu vois que je suis docile.

ARLEQUIN.

Un voile !

COLOMBINE.

J'ai été sensible à tes reproches d'hier.

ARLEQUIN.

Des diamans !

COLOMBINE.

Ne suis-je pas mieux comme cela ?

ARLEQUIN.

Charmante · . . . .

COLOMBINE.

Mais tu me le dis d'un ton.

ARLEQUIN *très-vivement.*

Du ton d'un époux révolté d'un luxe si ridicule : quel vertigo vous a pris madame : que signifie cet étalage de brillans, de pierreries ? convient-il à la femme

d'Arlequin de le disputer en élégance à toutes nos
merveilleuses ! me voyez-vous suivre les modes ? mais
la coquetterie, la petite gloriole . . . Madame a ceci,
il me le faut . . . Madame a cela je l'aurai . . . et
puis je vois arriver la marchande de modes . . . . .

( *Contrefaisant la voix de femme* ).

Monsieur c'est pour le petit mémoire de fournitures
que j'ai faites à Madame, et puis le Bijoutier juif . . . . .

( *avec l'accent Allemand* ).

Monsieur c'est pour une bagatelle de quelque mille écus
de diamans, que j'avre lifrés à Montame votre épouse ;
je paye, plus rien dans le coffre . . . Et puis viennent
le Patissier, le Rotisseur, le Confiseur, Messieurs
regardez, Madame voilà tout ce que je puis vous offrir.

COLOMBINE.

Avez-vous fini ?

ARLEQUIN,

Oui Madame.

COLOMBINE.

Eh ! bien voilà bien du bruit pour rien.

ARLEQUIN.

Pour rien, des diamans ?

COLOMBINE.

Ils sont faux.

ARLEQUIN

Faux !.. Ils sont faux ! ( *moment de silence* ) Et pourquoi portez-vous du faux ? Voilà bien les femmes !
désormais je me méfierai de toutes, et je dirai de la
plus belle :

AIR : *Regard vif, et joli maintien.*

Ses dents brillent d'un faux émail,
Le pastel dessina ses roses ;
Un pinceau prêta le corail
Qui rougit ses lèvres mi-closes.
D'un coëffeur le talent vanté
A rajeuni sa tête folle ;
Tout est faux, tout est emprunté,
Le soir quand elle a tout quitté
Que lui reste-t-il ?

COLOMBINE *avec force.*

La parole.

ARLEQUIN.

Et encore pour en faire un mauvais usage.

COLOMBINE.

Fort bien Mr. Arlequin, voilà de votre galanterie
ordinaire.

**ARLEQUIN.**

C'est que je suis franc.

**COLOMBINE** *à part.*

Du caractère.

**ARLEQUIN.**

AIR: *Qu'on soit jaloux dans la jeunesse.*

Sexe trompeur qui sans scrupules
Nous tends des pièges dangéreux,
En abusant nos cœurs crédules,
Faut-il encor tromper nos yeux. ( *bis* )

**COLOMBINE.**

Ce courroux vous sied à merveille,
Car toute femme, dieu merci ;
Fut-elle sotte et laide et vieille
N'est que trop bien pour un mari. ( *bis* )

**ARLEQUIN.**

Madame je ne suis pas encore fait à un pareil langage.

**COLOMBINE.**

Vous vous y ferez.

**ARLEQUIN.**

Jamais

**COLOMBINE,**

Il le faudra bien.

**ARLEQUIN** *avec force.*

Madame !

**COLOMBINE** *avec force.*

Monsieur !

**ARLEQUIN** *étonné.*

Comme elle me regarde.

**COLOMBINE.**

Je ne suis plus cette Colombine, faible, timide,
tremblante devant vous : vos reproches, vos menaces,
vos emportemens m'ont poussée à bout. Vous saurez de
quoi une femme est capable.

**ARLEQUIN.**

Elle me fait trembler.

**COLOMBINE.**

AIR: *Ah que je sens d'impatience.*

Je perds à la fin patience
Ici toujours chagrins nouveaux,
On craint on fuit votre présence
Le jour, la nuit, point de repos.
Votre fille à toute heure
Tremble, gémit et pleure
L'anfan découragé

S'est engagé.

ARLEQUIN *l'interrompant,*

Engagé !

COLOMBINE.

Au logis que Monsieur revienne ,
C'est à qui s'en éloignera.
L'un dit le voilà
Sauvons-nous par là
L'autre le voici
Fuyons par ici.
Monsieur crie : hola !
Quel-est ce train là?
Paix là !       ( *ter* )

C'est un désordre, un vacarme , un enfer. Si cela
continue, je déserte la maison , j'emmène mes enfans ,
et une fois partie . . .

Y tienne ( *bis* )
Désormais qui pourra.

ARLEQUIN.

Mon fils ! s'engager à douze ans ! ( *Il appelle* )
Fanfan : ça fera un beau capitaine. Monsieur Fanfan.

---

# SCENE IX.

ARLEQUIN, COLOMBINE, FANFAN, *tout tremblant,*
VIOLETTE.

ARLEQUIN.

Venez-donc, Monsieur, recevoir mes complimens
sur l'état que vous venez d'embrasser.

VIOLETTE *bas à Fanfan.*

Ne vas pas mentir.

FANFAN.

Comment papa vous savez déjà . . .

ARLEQUIN.

Oui, que vous êtes engagé , cela me fait grand
plaisir.

FANFAN.

Comment, papa, grand plaisir ?

VIOLETTE.

Ah ! tant mieux.

ARLEQUIN.

Si tous vos camarades vous ressemblent, cela fera
une belle troupe.

FANFAN.

Nous sommes tous du même âge.

**ARLEQUIN.**

Et de la même taille ?

**FANFAN.**

Oh ! non. Nos dames sont bien plus petites.

**ARLEQUIN.**

Vos dames ! Comment ! Un régiment où il y a des dames ? voyons votre engagement.

**FANFAN.**

Le voici.

**ARLEQUIN** *regarde l'engagement*

Oh ! oh ! père noble . . . Ah ! ah ! Monsieur le père noble, une bonne correction vous apprendra . . . . .
( *Il déchire l'engagement* ).

**FANFAN.**

Mais papa, qu'est - ce que vous faites donc là ? mon début est annoncé depuis plus de quinze jours . . . mon nom est sur l'affiche.

**ARLEQUIN.**

Eh ! bien, Monsieur, on mettra sur l'affiche que le père noble ayant reçu le fouet, son début est retardé par indispositon.

**FANFAN.**

Ça m'est égal ; je veux être artiste ; je veux tenir à un théâtre. Je me ferai plutôt allumeur, souffleur, moucheur.

**VIOLETTE,** *bas à Fanfan.*

Mais tais-toi donc.

**ARLEQUIN.**

Mais voyez ce petit mutin ! ( *à Colombine* ) voilà les fruits de votre faiblesse ; de votre coupable indulgence.

**COLOMBINE.**

Il a raison, monsieur ; et à sa place j'en ferais autant.

**ARLEQUIN.**

Air : *Trio des deux Savoyards.*

Je suis d'une colère !     ( *bis* )
Un petit téméraire
Ose élever la voix ,
Et d'Arlequin son père
Méconnaître les droits.
Oser méconnaître mes droits.

---

## SCENE X.

LES MÊMES, CASSANDRE , Mr. ET Mme. GILLES.

CASSANDRE , GILLES et sa femme.
Qu'avez-vous donc , mes chers amis ?
Vous paraissez interdits ? ( *bis* )

ARLEQUIN.

Ah ! quelle maudite visite :
Après un pareil entretien ,
( *Aux enfans* )
Prenez l'air gai ; riez bien vîte ,
Et qu'on ne se doute de rien.

ARLEQUIN *à Gilles et à sa femme.*

ENSEMBLE.
Je suis ravi.....
COLOMBINE *à part.*
Écrivons-lui.

ARLEQUIN *bas à ses enfans.*
Mais riez donc. ( *à Gilles.* )
De vous revoir.

ENSEMBLE.
COLOMBINE.
Un doux espoir!....

ARLEQUIN *bas à ses enfans.*
Saluez donc. ( *à Gilles.* )
C'est de grand cœur.

ENSEMBLE.
COLOMBINE.
Flatte mon cœur.

ARLEQUIN *bas à ses enfans.*
Mais riez-donc. ( *à part.* )
Le diable emporte la visite!
Ils me font perdre la raison.

CASSANDRE *à part.*
Par cette leçon qu'il mérite.
Nous le mettrons à la raison.

( *Colombine écrit sur une carte* )

ENSEMBLE.

VIOLETTE. FANFAN.
Mon dieu ! quel train dans la maison.

GILLES *et sa femme.*
Toujours du bruit dans la maison !

ARLEQUIN *sort en colere.*

---

## SCÈNE XI.

LES MÊMES , excepté Arlequin.

CASSANDRE

Le voilà parti...Chut...C'est le moment de frapper
les grands coups.

GILLES *avec mystère.*
Qu'est-ce qu'il y a donc ?

Mme. GILLES.
Paix !

( *Colombine , Cassandre , Madame Gilles se grouppent
et écoutent Cassandre.* )

GILLES.

GILLES *aux enfans.*

Savez-vous ce que c'est vous autres ? ( *à Fanfan* )
On ne t'a rien dit à toi ? ( *à Violette* ) à toi non plus ?

FANFAN.

Laissez-nous donc.

VIOLETTE

Comme il est curieux !

GILLES *à Colombine.*

Que se passe-t-il donc ici , cousine ?

COLOMBINE *faisant tourner sur Cassandre.*

Ce n'est rien.

GILLES *à Cassandre.*

Qu'y a-t-il de nouveau ?

CASSANDRE *faisant pirouetter vers sa femme.*

Cela ne vous regarde pas.....

GILLES *à sa femme.*

Ah! ça , tu me mettras au fait peut-être ?

Mme. GILLES.

Oui, oui , écoute. ( *elle le mène mystérieusement à la
porte du cabinet qu'elle ferme tout à coup sur lui* ).

GILLES *dans le cabinet*

Ah ! je vois ce que c'est. On conspire.

---

## SCENE XII.

LES PRECEDENS , excepté Gilles.

Mme GILLES.

Nous en voilà débarrassés.

*Colombine remet à Cassandre la carte sur laquelle elle a
écrit pendant le morceau d'ensemble.*

CASSANDRE.

AIR : *La Signora malada.*

Pour que notre artifice
Ait un meilleur effet ,
J'ai condamné l'office ,
La cave et le buffet.

4

De cet écrit placé sous ses yeux ,
L'effet , je crois , sera merveilleux.
Ici je vais l'attendre ;
Vous pourrez tout entendre
De cette chambre-là :
Cachons-nous , le voilà.
Dépêchons , dépêchons , mes amis ; le voilà.

# SCENE XIII.

## CASSANDRE, ARLEQUIN.

ARLEQUIN *entre en rêvant.*

Eh ! bien , où sont-il donc ?

CASSANDRE.

Ils sont sortis.

ARLEQUIN.

Et ma femme aussi ?

CASSANDRE.

Oui, avec ses enfans.

ARLQUIN

A l heure qu'il est ? Quand veut-elle donc nous faire
dîner ?

CASSANDRE *découpant la carte à marquer.*

Un peu plutôt , un peu plus tard : j'ai bien déjeûné
moi ; je puis attendre.

ARLEQUIN.

Mais elle doit savoir que je n'ai rien pris de la matinée.
Je viens de l'office , tout est fermé.

CASSANDRE.

C'est que votre épouse a de l'ordre.

ARLEQUIN.

Oh ! beaucoup.

CASSANDRE.

Vous avez une femme bien rare.

ARLEQUIN.

C'est vrai , au moins ...

CASSANDRE,

Vous devez faire un bon ménage ?

ARLEQUIN,

Eh bien ! pas du tout.

CASSANDRE.

Bah !

ARLEQUIN.

AIR : *De la Contredanse de la Trenis.*

En quelqu'endroit
Qu'on soit ,
Partout le bruit
Vous suit.
Chaque valet
Voudrait
Faire chez moi,
La loi.
J'ai des voisins
Malins ;
J'ai des enfans ,
bruyans ;
Un seul moment,
Comment,
Etre avec eux
Heureux ?
Et pourtant ma fille
Si vive , si gentille ,
Dès que le jour brille ,
M'embrasse à son reveil.
Sa voix douce et tendre
Par-tout vient me surprendre ,
Et je crois l'entendre
Jusques dans mon sommeil.
Puis autour de moi,
Bientôt je voi
Mon fils qui joue ;
D'un geste mignon
Il me caresse le menton ;
Et comme le chat
Qui quitte un rat
Il fait la roue ;
Si vers lui je cours
Il me fait patte de velours.

Ma femme aussi ,
Ici ,
Devine tous
Mes goûts.
Son cœur parfait
Me fait
Trouver les jours
Trop courts.
Mais je soutien
Que rien ,
Non chez moi rien ,
N'est bien.
Nul n'est ma foi
Plus à plaindre que moi.

CASSANDRE.

Bah ! bah ! bah ! . . . . en attendant leur retour ,
donnez-moi ma revanche au domino.

ARLEQUIN.

Volontiers. Elle ne vous a pas dit quand elle rentre-
rait ?

CASSANDRE.

Non. elle m'a seulement dit : mon mari sera content.

ARLEQUIN *à lui-même.*

Mon mari sera content!

CASSANRE *s'asseyant à une table.*

Allons , mettez-vous là.

ARLEQUIN *à lui-même.*

Ses menaces de ce matin ! . . ( *Il va , distrait , s'asseoir à une autre table* ).

CASSANDRE *allant s'asseoir à la table d'Arlequin.*
*et emportant les dominos.*

Quand vous voudrez.

ARLEQUIN *à lui-même.*

Cependant me quitter ! ( *Il se lève et va s'asseoir à
l'autre table* ).

CASSANDRE. ( *Même jeu* ).

Ah ! vous croyez que nous serons mieux là ?

ARLEQUIN *se levant.* ( *même jeu* ).

Serait-elle capable ! . .

#### CASSANDRE.

Vous ne voulez donc pas jouer ?

#### ARLEQUIN *à lui-même.*

Non , non.

#### CASSANDRE *se levant.*

En ce cas.....

#### ARLEQUIN *s'asseyant à la table opposée.*

Eh bien ! venez donc. Je vous atteds.

#### CASSANDRE.

Me voilà. C'est que vous allez , vous venez.. ( *à part* ) Bon ! la tête n'y est plus. ( *haut* ) Allons , allons , tenez-vous bien , car je crois que je vous battrai aujourd'hui. Double six.

#### ARLEQUIN *à lui-même.*

Où peut-elle avoir été ?

#### CASSANDRE.

Vous me donnez beau jeu.

#### ARLEQUIN *idem.*

Elle ne reviendra pas.

#### CASSANDRE.

De mieux en mieux. Ah ! ah ! vous êtes piqué ? Blanc par-tout.

#### ARLEQUIN.

Je boude.

#### CASSANDRE.

J'en étais sûr ; abattons.... Vingt points pour vous. Marquez.( *Il donne la carte à marquer* ).

#### ARLEQUIN *prenant sa carte.*

L'écriture de ma femme ! *lisant.*
» Adieu , monsieur Arlequin ; vous ne vous plaindrez
» plus de moi , ni moi de vous. *sanglottant.* Peut-être
» nous entendrons-nous mieux quand nous ne nous par-
» lerons plus. ( *pleurant.* ) Post scriptum,—Il y a un post-
» scriptum—Je me suis retiré avec mes enfans dans une
» maison honnète.
   » *pleurant.* Dans une maison honnète ? Hai ! Povero !

#### CASSANDRE.

Comment ? vous gagnez , et vous pleurez ?

ARLEQUIN *lui remettant la carte.*

Tenez , lisez.

AIR : *J'ai perdu mon âne.*

J'ai perdu ma femme ,
Plus d'un mari que je voi
S'affligerait moins que moi
S'il perdait sa femme.

CASSANDRE *à part.*

Elle se retrouvera. Elle se retrouvera.

ARLEQUIN.

Je cours la chercher.

CASSANDRE.

Mais où ?... Elle ne donne pas son adresse.

ARLEQUIN.

C'est vrai... Une maison honnête !... C'est vague.
Pas d'autre renseignement. Où trouver cela dans une
ville comme paris ?

CASSANDRE.

Croyez que je partage bien.....

ARLEQUIN.

Quelqu'imbécille lui aura donné cette idée-là.

CASSANDRE.

Il n'y a pas de doute. Allons , je rentre chez moi ;
je sais que quand tout nous abandonne , on est bien aise
d'être seul. Au plaisir. ( *Il entre dans le cabinet* ).

---

# SCENE XIV.

### ARLEQUIN seul.

Quel silence ! on voit bien que ma femme n'y est
plus. C'est ma faute.... Et mes enfans.... (*Il pleure en
faisant des lazzis*). Quelle idée ! (*Il va à la table qui
est à droite du théâtre*). Il a été perdu le 19 du courant ,
entre trois et quatre heures après midi , une femme
et deux enfans répondant aux noms de Colombine . Fanfan et Violette : la mère est brune , la fille blonde , et
le garçon châtain ; il a le visage fort intéressant. ( C'étoit
mon portrait ) Récompense honnête à celui qui les ra-
mènera chez M. Arlequin , rue du Petit-Lion. *Il ploye*

le papier. Là, Colombine paroit à la porte du cabinet avec Cassandre, et écoute.

## SCENE XV.

ARLEQUIN, COLOMBINE ET CASSANDRE écoutant.

CASSANDRE.

Chut !

ARLEQUIN en se retournant apperçoit sa femme.

Sangodemi ! la voilà ; ah ! ( à part ) c'est un tour qu'elle me jouait ; vous m'avez fait bien du chagrin, madame ho ! bien du chagrin. Une petite vengeance . . . Commençons notre rôle.

CASSANDRE bas à Colombine en sortant du cabinet.

Tu vas voir comme il se désespère.

ARLEQUIN pirouettant.

Brrrrr. Je serais bien dupe de m'affliger.

AIR : Gaîment je m'accommode de tout. ( Cavatine Du bouffe, et le tailleur ).

Vous que le mariage
Séduit,
Songez que l'esclavage
Le suit.
Craignez une funeste
Prison,
Heureux celui qui reste
Garçon.

( Il danse sur la ritournelle ).

COLOMBINE bas à Cassandre.

Que me disiez-vous donc, mon père ? Il danse !

CASSANDRE

C'est de chagrin.

ARLEQUIN.

L'hymen toujours entraîne
Des pleurs ;
L'amour est une chaîne
De fleurs.
Votre femme vous quitte,
Tant mieux ;

( 52 )

D'autres rallument vîte
    Vos feux.    ( *il danse* ).

C A S S A N D R E *bas à Colombine.*
A-t-il perdu la tête ?

A R L E Q U I N.

Sans peine on est de toutes
    Vainqueur ,
Quand on connaît les routes
    Du cœur.
Pour elles l'inconstance
    N'est rien ;
Celui qui les dévance
    Fait bien.    Il *danse*

C O L O M B I N E *à part.*

Le monstre !

A R L E Q U I N.

Courons vîte chercher des consolations.

---

S C E N E  XVI et dernière.

T O U S   L E S   P E R S O N N A G E S.

ARLEQUIN , *en feignant de sortir , se trouve vis-à-vis
de sa femme.*
Ah ! c'est vous , madame !

C O L O M B I N E.

Oui , monsieur : que je ne vous retienne point ; j'avais
bien droit de me plaindre de vos procédés ; mais je ne
vous soupçonnais pas un mauvais cœur : allez, monsieur,
allez chercher des consolations.

A R L E Q U I N.

Je savais que je n'irais pas loin pour en trouver.

C O L O M B I N E.

Comment !

A R L E Q U I N *lui montrant le cabinet.*
Tu étais là.

A I R : *De la Romance ds Sophie.*

Ah ! pardonne-moi les allarmes
Qu'un instant j'ai pu te causer ;
J'ai voulu me venger des larmes
Que ta ruse m'a fait verser.
Enfin la vérité me frappe ,
Elle éclaire mon cœur surpris :
C'est quand le bonheur nous échappe ,

Que nous en sentons mieux le prix.  (*bis*)

**COLOMBINE.**

Mon ami , j'ai tout oublié.

**ARLEQUIN.**

Tout oublié. *Aux ( enfans )* et vous , mes enfans , me pardonnez-vous aussi?

**VIOLETTE et FANFAN.**

Oh ! de tout mon cœur ; mais tu ne casseras plus nos joujoux ?

**COLOMBINE** *à Cassandre.*

Mon père! vous voyez votre ouvrage.

**ARLEQUIN.**

Ton père !.... Quoi c'est ? ( *il saute au cou de Cassandre* ).

**CASSANDRE.**

Tu ne boudes plus ? J'étais bien sûr de gagner la partie.

**GILLES.**

Ah ! je me doute de ce que c'est , à présent.

**Mme. GILLES,**

Oui : eh bien! monsieur , profitez de la leçon ; car si jamais vous me forcez à vous quitter , se sera pour la vie. **GILLES.**

Tu feras bien.....

## VAUDEVILLE.

AIR : *Amis dépouillons nos pommiers.* Ou : *Mon père était pot.*

**COLOMBINE.**

Maris n'abusez plus des droits
Que donne la puissance ;      (*reciter*).
Songez qu'une femme a par fois
Des moyens de vengeance.
  Arrive un instant
  Où l'époux tremblant
Perd toute son audace :
  Alors à genoux,
  Du ton le plus doux,
Il nous demande GRACE.

**M.me GILLES.**

L'époux prend-il le ton grondeur,
  L'amant vient et s'empresse ;
L'époux redouble de froideur,
  Et l'amant de tendresse :
  L'époux est glacé,
  L'amant embrasé;

Que faire à notre place ?
　Nous grondons d'abord ;
　Mais l'époux a tort,
Et l'amant a sa GRACE.

### VIOLETTE.

Faut-il pour messieurs les maris
　Avoir l'ame si bonne ?
A peine les a-t'on punis,
　Que vîte on leur pardonne ;
　　Moi je saurai bien
　　Corriger le mien,
En prison quoiqu'il fasse,
　Il sera réduit,
　A passer la nuit,
Avant d'avoir sa GRACE.

### FANFAN.

Moi je ne veux plus débuter ;
　J'ai des frayeurs mortelles ;
Avant tout je dois consulter
　Les plus parfaits modèles :
　　Ainsi chaque soir,
　　Je veux aller voir
Notre voisin en face :
　C'est dans sa maison,
　Qu'on donne leçon
De finesse et de GRACE.

### ARLEQUIN ( au public ).

Ici nous craignons les arrêts
　D'un public trop sévère :
On perd devant lui son procès
　Quand on n'a pas su plaire :
　　Que de la rigueur,
　　Ici la douceur,
Tienne aujourd'hui la place
　Par un coup de main,
　En bon souverain,
Usez du droit de GRACE.

### FIN.

---

On trouve chez Mme. MASSON , toutes les Pièces Italiennes, provenant du fond de M. MÉTAYER.

www.ingramcontent.com/pod-product-compliance
Lightning Source LLC
Chambersburg PA
CBHW060901180626
46818CB00004B/1809